H. C. ARTMANN: MED ANA *SCHWOAZZN* DINTN

H. C. ARTMANN

# med ana schwoazzn dintn

gedichta r aus bradnsee

OTTO MÜLLER VERLAG SALZBURG

9. Auflage
ISBN 3-7013-0227-8

Einband und typographische Gestaltung:
Prof. Friedrich Polakovics
Druck und Bindung: Wiener Verlag, Himberg bei Wien

Die Kunst liebt es, überraschend zu kommen, und sie sucht sich gern konträre Eltern. Nach Nestroy hat der Holzhacker die Geometrie umarmt und da ist der Zimmermann daraus geworden. Die Kunst des Zimmermanns kann man aus der Welt nicht mehr wegdenken.
In Breitensee hat sich neulich die Wiener Vorstadt mit dem Surrealismus eingelassen und daraus ist — ein Dichter entstanden, ein wirklicher. Soll einer behaupten, daß man das hätte voraussehen können!
Ein Dichter, das ist ein neuer Ton, gerade der, auf den man am wenigsten gefaßt gewesen ist. Wenn man auch nur drei Zeilen eines einzigen dieser Gedichte liest, steigt in neuer Farbe eine neue Wiener Welt auf, die noch niemand besungen hat und die doch immer schon neben uns dagewesen ist: neue Häuser, Gassen, Bäume, Gegenden, makabre, traurige, seltsam anziehende. Und in dieser neuen Landschaft sind dann die starken alten Gefühle, die sich nie ändern, die jeder kennt, auf einmal so frisch wie der neueste Schnee.
Wie das der Dichter fertigbringt, das hätte mancher schon gern herausfinden wollen, aber es wirklich zu sagen, ist noch niemandem gelungen. Sicherlich kommen diese Gedichte ganz aus dem Wort, dem Wiener Wort — ins Hochdeutsche könnte man sie schwerlich übersetzen. Und doch sind sie weit mehr als Dialektgedichte. Sie sind in der Empfindung oft so einfach wie die ältesten Volkslieder, in der Form oft so kunstvoll wie der modernste *vers libre,* in der Entsprechung von Sinn und Klang oft vollkommen wie klassische, in der Fülle überraschendster kühner Bilder so reich wie barocke Dichtung. Im Grunde aber lassen sie sich mit gar nichts vergleichen, sind ganz und gar aus unserer Welt und Zeit.
Denn das Eigentlichste der Breitenseer Gedichte kommt, glaube ich, eben aus der unwahrscheinlich glücklichen Ehe der surrealistischen und der Wiener Sphäre. In ihr streift der Surrealismus das Kalte und Zerebrale ab, wird wirklich geheimnisvoll und sogar märchenhaft, und zwar in einer Umwelt, in der das Märchenhafte gar nicht vorkommen könnte. Das Wiener Leben und die Wiener Landschaft aber wird, ohne das Volksmäßige aufzugeben, eigentümlich schwebend und schwerelos. Und wie gut verbindet sich das Gruselige des Surrealismus mit dem ganz anders Gruseligen, das zu einer bestimmten Art Volksdichtung von jeher gehört.
Die Breitenseer Gedichte sind die Entdeckung eines neuen Wiener Kontinents und neuer Möglichkeiten der Dichtung. Man kann sich jetzt Wien ohne sie nicht mehr denken.

HANS SEDLMAYR

nua ka schmoez how e xogt!
nua ka schmoez ned..

reis s ausse dei heazz dei bluadex
und haus s owe iwa r a brukngIanda!
fomiaraus auf d fabindunxbaun
en otagring..
daun woat a wäu
bis s da wida zuaqoxn is des loch
des bluadeche untan schilee
und sog:
es woa nix! oda: gemma koed is s ned!

waun s d amoe *so* weid bist
*daun* eascht schreib dei gedicht
und ned eea!

nua ka schmoez ned how e xogt!
nua ka schmoez..

heit drong s as nua z gean
eana heazz (de dichta
de growla de schmoezxön)
bei jeda glengheid
untan linkn goidzaun
oda r iwa n lean briafdaschl
wia r a monogram..

waun owa r ana r a gedicht schreim wüü
und iwahaubt no a *weanaresch* dazua
daun sol a zeascht med sein heazz
med sein bozwachn untan goidzaun
nua recht schnöö noch otagring ausse
oda sunztwo zu an brukngIanda gee!

„Jede Provinz liebt ihren Dialekt: denn
er ist doch eigentlich das Element,
in welchem die Seele ihren Atem schöpft."
**Goethe**

Zwischen Breitensee und Ottakring, an der Dreiländerecke mit Fünfhaus, gar nicht weit von jenem *bruknglanda* in H. C. Artmanns programmatischem Gedicht, stand bis vor 7
wenigen Monaten ein Stück Wiener Vorstadtprater. Es stand dort seit den Neunzigerjahren, wurde für uns Schulbuben ein über die Väter vererbter Begriff und bleibt, auch nach seiner Demolierung, mit dem schöneren Teil unserer Jugend verbunden. Auch in unserem Buch wirkt diese Erinnerung fort. Auf untergründige Weise hat sie Themen- und Bildwahl seiner Gedichte mitbestimmt, und wenngleich das auf den ersten Blick nicht erkennbar ist — ein zweiter auf den Bucheinband wird helfen, die Zusammenhänge zu klären.

Die Bilder, die wir dort sehen, gehörten zur Wanddekoration jenes nun schon legendären Ringelspiels. Mit ihrer schauerlichen Schönheit und makabren Intensität, mit ihrem naiven Raffinement haben sie die Bilderwelt der Vorstadtkinder bereichert, jahrzehntelang, bis sie — um die Dreißigerjahre — mit Märchenbildern überdeckt wurden, Bildern von der Stange, wie sie den Ideen und dem Geschmack der um Jugend und Profit besorgten Erwachsenen nützlicher erschienen sein mögen.

So führten unsere Bilder durch weitere Jahrzehnte eine Art Katakombendasein. Sie überstanden das Tausendjährige Reich ebenso wie vorher die Erste Republik und erblickten im Herbst 1957, im Zuge der Demolierung, zum zweiten Mal das Licht der Welt: einer veränderten Welt in einer veränderten Umgebung, nämlich auf einem Schutthaufen. Und von dort haben Artmann und seine Freunde sie, die schon wochenlang dem Regen, dem Wind und der Sonne preisgegeben waren, gerettet.

Ist es mehr als nur Zufall, daß nun der sie besitzt, dessen Kinderträume von ihnen besessen waren? Mehr als nur Zufall, daß der *ringlgschbüübsizza* unseres Buchdeckels, der in vielfältiger Verlarvung Artmanns Dialektgedichte durchgeistert — als lemurenhafter *blauboad,* als *besa geatna,* als *kindafazara,* ja, noch als jovialer, aufs Backhähndl 17, 18, 21, 19
versessener *hea onkl* — daß also dieser Komtur aus Pappdeckel einem a u c h d u r c h 24
i h n zum Dichter gewordenen Kind entgegentritt, körperlich, nach fast dreißig Jahren, und so eine Begegnung real nachvollzieht, wie sie bis dahin in Artmanns Gedichten zu vielen Malen, erinnert oder vorausgespürt, sich ereignet hat?

Eines ist sicher: der Zauber dieser Gedichte entspringt einer intensiven Beziehung zur
Kindheit. Er selbst bleibt freilich unerklärbar, für manchen vielleicht auch unhörbar,
denn nicht jeder, der Ohren hat, hört. Den aber, der ihm offen ist, mag dieser Zauber
46 unversehens hinübernehmen in eine Kindheit, der beim *domschakbiachln dauschn gee*
*fon bradnsee ume in d rosnschdaagossn* noch das Barfußgehen auf dem weichen
Asphalt zum Abenteuer wird. Denn die Zeit ist aufgehoben in solchen Gedichten, und
19, 30, 42 ein Kindheitserlebnis, ein Augenblicksgefühl, ein plötzlicher Wunsch oder Einfall wird
44 in ihnen genau so zum dauernden Ereignis wie der Zustand nach einer Sintflut oder
69, 87 gar — nach dem Tod.

Damit ist das Gebiet umrissen, innerhalb dessen Erinnerung und Vorahnung, ästhetisierende Spielfreude und literarisches Raffinement, echte Imagination, ja Vision eines Dichters, gerade durch die Beschränkung auf einen lokalen Dialekt, der Dichtung einen neuen Bereich erschlossen haben, zumindest aber einen brachliegenden wiedergegeben. Einen neuen Bereich: eben jenes „Element, in welchem die Seele ihren Atem schöpft", jenes Reservoir, das bisher, von wenigen Ausnahmen abgesehen, einem als schöpferisch geltenden Dilettantismus dazu gedient hat, alle im Dialekt enthaltenen Ansätze, alle Möglichkeiten für wirkliches Schöpfertum zu verjodeln und zu verdodeln. Wenigstens, soweit es den süddeutsch-österreichischen Raum betrifft. Und die Ausnahmen? Sind sie über lokale Gebundenheit innerlich hinausgekommen? Schrieb ihnen der Gebrauch ihres Dialekts — abgesehen von den geographischen Grenzen — weitgehend nicht auch die Themen vor? Schränkte er dadurch nicht den geistigen Spielraum ein? Zwang er nicht fast immer zur Konvention, erlaubte er, im ganzen gesehen, wesentlich mehr als die bloße Impression?

Man verstehe das nicht falsch: Natürlich wird kein Mensch von Dialektgedichten fordern, daß sie zur Welt sprechen, ja, nicht einmal, daß sie im gesamtdeutschen Sprachraum Gehör finden. Aber Welt herein zu holen in einen durch naturgegebene Grenzen beschränkten Kreis der Ansprechbarkeit, Welt, die jenseits der politischen und der Sprachgrenzen lebt und atmet und singt, ihre Art zu denken und zu erleben, ihren Atem in den eigenen zu mischen, um so dem Hiesigen neue Impulse zu geben, unauffällig, fast spielerisch: das ist zu leisten, auch fürs Dialektgedicht. Und das ist hier erfüllt. Welt dringt herein in ein provinz-, ja bezirksbegrenztes Idiom.

Lassen wir uns nicht täuschen durch scheinbare Volkstümlichkeit oder gar Simplizität! H. C. Artmanns Dialektgedichte, obwohl mit dem Mund des Volkes gesprochen, kommen nicht aus ihm. Das dreimal Raffinierte an manchen seiner Stücke besteht ja gerade darin, daß auch der literarisch voraussetzungslose, schlichte Zuhörer ihre Sprache versteht und, Sprache mit Inhalt verwechselnd, nun auch diesen zu verstehen
9 glaubt. Versteht er aber mehr als das Nur-Vordergründige, den „gschbas"? Würde man

ihm nicht durch Erklären die Freude daran nehmen? Denn er hält ein Gebilde wert, dessen Wert für ihn durch einen Unwert — den Dialekt — bestimmt ist, und das für ihn unter Umständen seinen Wert verlöre, wollte man ihm beweisen, daß er, gerade weil er einen Unwert werthält, einen wahren Wert anerkennt. Das mag überspitzt klingen, und ich sage auch gar nicht, daß es vom Dichter von vornherein so gewollt war — aber daß es so ist, beweist das unerwartet starke Echo, das beim Rundfunk und in Wiener Buchhandlungen nach einer Radiosendung registriert wurde, und beweist in kleinerem Maßstab die spontan zustimmende Aufnahme, die diese Gedichte an allen bisher erfolgten Leseabenden gefunden haben.

Dabei muß man freilich eines berücksichtigen: Von vereinzelten Drucken in Zeitungen und Zeitschriften abgesehen, bekam die Masse der Zuhörer Artmanns Dialektgedichte noch nicht zu Gesicht. Der Kontakt vom Dichter zum Publikum schloß sich übers Gehör. Diese gesündere, viel ältere Beziehung erhält durch den vorliegenden Band einen Stoß, der auch gutwillige, aufgeschlossene Leser schockieren kann, wenn sie nicht das einzig Richtige tun: auch beim visuellen Aufnehmen ganz bewußt über das Gehör zu lesen. Das entspricht dem Zuhören noch am ehesten.

Eigentlich sollten Artmanns Dialektgedichte ja nur gesprochen werden. Dialekt ist nun einmal keine Schrift-Sprache, er ist lebendiger als sie, hängt sogar vom Sprecher ab (in der Schriftsprache ist es nahezu umgekehrt) und bedarf, wenn er schon geschrieben wird, einer durchaus individuell bestimmten, phonetischen Schrift. H. C. Artmann entschied sich für eine durch ihren Konservativismus radikale Lösung: er verzichtete auf sämtliche, von landesüblichen Dialektschreibern so gern gebrauchten, das Schriftbild nur entstellenden Hilfszeichen und findet mit unserem konventionellen Alphabet — noch vermindert um das v — das Auslangen.

Es ist eine große Erleichterung für den Leser, daß er sich nicht erst mit neuen Zeichen vertraut machen muß. Er hat sich genug mit den Vokalen zu plagen, die wie immer die Hauptschwierigkeit bilden: Das Wienerische färbt sie besonders stark, besonders unregelmäßig ein, und ihre Wiedergabe bleibt demgemäß unvollkommen. Authentische Schreibung würde etwa zwanzig neue Vokalzeichen erfordern. So bleibt als ideale und deshalb utopische Lösung nur, jedem Band eine Langspielplatte beizulegen.

Trotzdem: Solche Einschränkungen können nicht das Verdienstliche der Artmannschen Lautschrift mindern. Die Praxis zeigt, daß alle beim Lesen auftretenden Anfangsschwie-
rigkeiten rasch verschwinden, und hernach erfreuen so exotische Schriftbilder wie *mei* 34
*ausdroknz heazz, zwischn zwa blaln babia, de salame da qaglschduazz da gristoezuka,* 66, 67, 38, 56
*de gebuazzdoxkinda r iwa r ochzk, a xunz lamentawö, agazebam, bopöbam* oder auch 43
*en naboleaun seine goidan odla* nicht nur das Ohr. Es mag sogar sein, daß den oder 78
jenen wienerischen Leser nach dem ersten Befremden, nach dem Erkennen, nach der

dem Erkennen folgenden Heiterkeit und Freude ein heimliches Staunen ankommt über
die neue, achtsame Beziehung, die Artmanns Schreibweise zwischen uns und unserem
meist gedanken- und lieblos gebrauchten Dialekt stiftet.
38 Und wie bildkräftig, wie bündig ist dieser Dialekt! *i hob en oedn augland lossn en da
bude* — welches hochdeutsche Äquivalent ließe sich neben diese Wendung setzen?
Oder neben die folgende aus dem gleichen Gedicht: *jetzt wäu r e aum saund bin weng
dia / jezt reibst ma r en gschdis!* Jemand „en gschdis reim", dieser vom Tarockieren
hergeleitete Ausdruck für den Abbruch einer Liebesbeziehung! Und wer traut sich zu,
54 das resignierende *es is do ee scho gaunz bowil / op s d jezt auf fedan büslsd / oda
zuadegta met d uawaschln / auf d kamün und d hanslschliaffa* ... so anschaulich und
lapidar ins Hochdeutsche zu übertragen? Trocken verdolmetschen läßt sich freilich alles,
aber der Zauber ist dann verflogen, und was bleibt, erzeugt höchstens Gähn- oder
Lachkrämpfe.
67 Ebenso verhält es sich mit der existenziellen Frage *hot den heit olas de bodschn aus-
69 gschdregt?!*, desgleichen mit der noch nie dagewesenen Erkenntnis *noch ana sindflud /
san olawäu / de fenztabreln fafäud* —, und ähnlich mit der in sich persiflierten Stelle
84 *waun i amoe a bangl reis / zu deidsch: de bodschn schdrek* —. Die selbstgerechte Fest-
18 stellung eines bodenständigen Zingerle-Engleder nach vollbrachter Arbeit *und ii — da
blauboad fom brodaschdean / sizz solid in kafee bei an gschdregtn* ... läßt an Drastik
vollends nichts mehr zu wünschen übrig.

Dergleichen ist unübersetzbar. Es „tritt unter einem einfachen, ja rohen Volke unwiderstehlich hervor", und der Dichter mag sich seiner bedienen, ohne es zu verändern. Solche und ähnliche Stellen sind es auch, mit denen Artmann den unliterarischen Teil des Publikums für sich gewinnt.

Mit gleichen Sprachmitteln läßt sich aber auch gegenläufig verfahren. Das Wie solchen Verfahrens, bei dem der Dichter mit dem Material des Dialekts nunmehr g e g e n diesen arbeitet, ihn nachgerade dazu zwingt, etwas zu leisten, das bisher Domäne der Hochsprache war, ihm Resultate abgewinnt, die innerhalb der Dialektdichtung völlig neu sind, weil ihr jener Atem zugeführt wurde, von dem weiter oben die Rede war: dieser Austausch von Land zu Land, der einer unverbrauchten, vitalen Volkssprache Impulse gibt, welche in der sterilen Sprache mancher moderner Lyriker die absonderlichsten Auswüchse treiben — dieser gleichsam alchimistische Vorgang ist es, der einen zwar kleinen, aber um so wichtigeren Teil des Publikums fesselt und für Artmanns Dialektdichtung einnimmt.

Die Beispiele dafür, wie man Dichtung „als Zuwaag'" an den Konsumenten bringt,
finden wir häufig in den gleichen Stücken, denen auch die vorigen Stellen entnommen
11 sind. Da ist gleich das zuletzt erwähnte *blauboad*-Gedicht: Sein Vers *heit brenan ma*

*keazzaln / in bumpadn bluad* gibt das Vorgefühl des Lustmörders nahezu unübertreff- 18
lich wieder. Die Assoziation zu Weihnachtsbaum und Allerseelenlichtern verleiht dieser
makaber-flackernden Vorlust überdies etwas rituell-Weihevolles und greift damit in den
Bereich eines Humors, der gewiß nicht im deutschen Sprachraum zuhaus ist. Ganz
anders, pathetisch, ja visionär ist dagegen der Fluch des von seinem Mädchen verlas-
senen Briefschreibers: *a schwoazze lufft fola fegl / wiad med mein leztn briaf augflong* 35
*kuma / und auf d nocht duach s fenzta / fua dei bet zuwe fliang* ... Das ist wohl die
letztmögliche Steigerung der verliebt-idyllischen Anfangszeilen *a dauwal miassad med* 34
*an briaf / fon mia zu dia fliang.* Von allen Gedichten unseres Bandes umspannt denn
auch dieses die größte Empfindungsskala. Aber nicht d a r auf kommt es vornehmlich
an: viel wichtiger ist, daß dichterische Formulierungen, die sonst vom großen Publikum
unweigerlich als Überspanntheit, als „bledsin" abgelehnt würden — falls er sie über-
haupt zur Kenntnis nimmt — über den Dialekt ohneweiters akzeptiert werden, ja daß
ein Zweifel, ob der Vision *a schwoazze lufft fola fegl* nicht doch die Version „a luft fola
schwoazze fegl" vorzuziehen wäre, gar nicht erst aufkommt.
Der *schwoazze fogl,* im vorigen Zitat noch Briefbote, wird zum Todesboten in dem Bild
für ein zuspätkommendes Rettungsauto: *und waun so d a dopözz bech hosd / und scho* 72
*umeschdesd / zwischn soo fü eisn und benzin / befua de no dea schwoazze fogl / unta*
*seine gloarofoamfligaln nimd* ... Ganz ohne Härte, ist dieser Tod *a bech* und sonst
nichts, und steht so in stärkstem Gegensatz zu unserer gehetzten, technisierten, neur-
otischen Welt aus *soo fü eisn und benzin:* als himmelschlüsselüberbringenden *hamlechn*
*hean* lernen wir ihn kennen! Versöhnlicheres, das zugleich ironischer wäre, läßt sich
nicht mehr denken.
Vielfältig sind bei Artmann die Bilder für Sterben und Tod. Irreal wie die Straßenbahn-
fahrt auf den Zentralfriedhof *med n anasibzkawong / en an schwoazzn qaund / met* 86
*dein batazel / en da linkn haund* zum eigenen Begräbnis, so irreal ist auch das Wunsch-
bild *fargrobt s me daun scho liawa / en an luftbalaun / oda fomiaraus / en an gschdo-* 85
*lan schdeklschuach.* Neben Märchenmotiven, neben Erinnerungen an die Vagantenlieder
früherer Jahrhunderte klingt da etwas vom alten Wiener Volkssängertum herein, das
ganze Gedicht ist ihm in der Konzeption verwandt. Im Geist freilich weniger: die „schene
leich", ein Idol, für das mancher Wiener sein Lebtag im Leichenverein (!) einzahlt, wird
recht pietätlos apostrophiert, dafür aber ins Poetische einer Himmelfahrt per Luftballon
gewandelt. Französische Eleganz gegen bodenständige Behäbigkeit.
Beschließen wir diese Sonderbetrachtung mit der wohl stärksten Stelle des gesamten
Bandes: mit Artmanns Beschwörung des unverrückbaren, unwiderruflichen Zustandes
nach dem Tod. Als Rollengedicht ist dieses Stück das gewagteste, weil es, um wirksam 87
zu werden, nur aus dem Leser selbst sprechen darf und dazu seine unbedingte Indentifi-

kation braucht. Die „Pendeluhr" — lies „Herz" — steht still, der „Schnee", der zum
nunmehr offenen „Fenster" hereinkommt, formt sich zum Todesengel, und nur die
leichenstarr daliegende Gestalt, deren Rolle jedem von uns gewiß ist, redet. Einfachste,
alltägliche Requisiten vereinigen sich mit einem Nichts an sprachlichem Aufwand zu so
suggestiver Wirkung, daß wir meinen, auch die Zeit stehe still. Und über der Toten-
starre, eisig, noch einmal das Bild der Kindheit: *und drad se / und drad se / wia r a
fareisz ringlgschbüü / und kumd ma bein fenzta r eine* — — —. Und dann der Schluß.
Wie er aus dem Todesschlaf unmerklich den letzten Rest organischen Lebens ins An-
organische überführt, in eine Kristallisation, deren Beginn auch das Ende des Gedichts
erzwingt, ein Ende, das aus dem Wort „anfangen" besteht — das ist genial: *und mei
schlof is scho soo diaf / das ma glaaweis und launxaum / winzege schdeandaln aus
eis / en de aungbram / zun woxn aufaungan . . .*
21 An den Ernst dieses Gedichts reicht nicht einmal das böseste des Bandes, das *liad fon
an besn geatna* heran. Dennoch bildet es mit dem soeben besprochenen Schlußstück
66 und mit dem existentialistischen Gedicht *wo is den da greissla?* den Höhepunkt der
Artmannschen Dialektdichtung. Wir gelangen zu dieser Wertung allerdings nur unter
Verzicht auf die weitverbreitete, bequeme Forderung nach Schönheit und Moral im
konventionellen, schönfärberisch-pädagogischen Sinn. Der *bese geatna,* diese nahezu
klinisch studierte Rolle pathologischer Bosheit und Mordlust, wird im Zuge einer sprach-
lichen Meisterleistung zur Inkarnation alles Nachteiligen, zum Sinnbild des absolut
21 Bösen, das der heraufkommende Morgen nur unterbricht: *und i schneid schneid schneid /
das des bluad nua so / fon da sichl s c h r e i d / bis in da frua!* Der Kontrast zum
Beruf des Gärtners, dieses Gleichnisses für die irdische Aufgabe des Menschen, und
der Kontrast zum Zartesten, das die Erde hervorbringt, den Blumen, deren „Blut" dem
Rasenden schließlich *fon o m d en d schuach* rinnt, steigern die Brutalität ins Unmeß-
bare. Nur die Freude an der tadellosen Durchführung dieses Themas macht uns zunächst
gegen sein Grausiges immun.

Unter dem bösen Blick, der Artmann manchmal eigen ist, wird auch das Beschauliche,
das sonntags die häßlichen Gassen der Außenbezirke verschönt, zu Ekel und Über-
druß. Aber nicht impressionistisch geschildert sind die leeren Häuserzeilen, sondern das
Gefühl bei ihrem Betreten wird umgesetzt in Aktion: ein sich steigerndes Stakkato von
Fragen wirft sich der Leere entgegen — und verstummt in dem trostlosen Echo der
67 Wohnfassaden: *ka mendsch / ka gschia / ka saff / ka koin / ka soez / ka bacht . . .!*
Die Antwort ist totenhaft: *wia batazeln aus wööblech / schaun s aus / de oweglossana
roiboekn!* Und doch hat nicht alles *de bodschn ausgschdregt,* nein, jetzt bricht es los,
höhnisch, als Antwort einer Zivilisation, die alles Erleben mit ihren Fabrikaten, Kon-
serven, genormten Vergnügungen, klischierten Gefühlen, Zeitungs- und Radiophrasen

verseucht und erstickt: *nua de radio san no doo . . . / nua de radio! / en ole fenzta san s do / und hean da nima r auf!!* Die gleichen Radios, denen der Dichter einen Teil seines Publikums verdankt, jetzt wenden sie sich, allen Überdruß eines leeren Sonntagsnachmittags, eines leeren Lebens stellvertretend, gegen ihn! Aus dem Irrsinn dieses circulus vitiosus hebt sich, ungewollt, abermals die Vision des Ringelspiels. Und w e l c h e s Ringelspiels.

Noch aber steht am Ende dieses Gedichts ein vom Ekel diktiertes „Aufhören!": *waun s
nua zun renga aufaungad . . . / waun s nua scho wida mondog waa!!* Im darauffolgen-
den Stück ist dieser Ekel schon zum Entsetzen geworden, gegen das kein „Aufhören!"
mehr hilft. Statt der Radios dienen nun die aus dem Boden schießenden Wasserreservoirs
dazu, dieses Entsetzen angesichts der unaufhaltsamen, weltweiten Entwicklung hinaus-
zuschreien: *wos soi ma do mochn? / da duascht / da duascht / (op s d wüsd oda ned) /* 68
*da duascht dea head se / nii und nima r auf!* Dieser *duascht* nach immer mehr Annehm-
lichkeit und Vergnügen, nach immer mehr Macht und Besitz: Welche Katastrophe bahnt
sich da an! Artmann zeigt uns ihre Folgen. Langsam, stimmlos, tropfenweise fallen die
Worte: *noch ana sindflud / san olawäu / de fenztabreln fafäud — / ka fogl singd mea* 69
*in de bam / und de kefa schwiman en d lokn / med n bauch in da hee . . .* — Die Span-
nung zwischen diesem und dem *wossaresawaa*-Gedicht findet nicht leicht ihresgleichen:
die Breitenseer und Ottakringer Reservoirs dort —, tropfende Bäume, tote Käfer und
ersoffene Kinos hier: wie wenig gehört doch dazu, das Bild der radikalen Vernichtung
glaubhaft zu beschwören!

Ist für solche Gebilde die einschränkende Bezeichnung „Dialektdichtung" noch zulässig?
Befinden wir uns da nicht längst im Bereich reinster Ausdruckskunst? Einer Kunst, die
mit geringsten Requisiten Wirkungen erzielt, um derentwillen die ausgedroschene Sprache
moderner schriftdeutscher Lyrik häufig das gesamte siderische und kosmische Gerümpel
vom Orion bis zur Milchstraße bemühen muß? Bei H. C. Artmann aber wird auch der
Mond zum *weana*. Wie er, in den *kastanien und agaze* nistend, den nächtlichen Pas-
santen *seine glenzadn aung nochdrad / und wia r a r eana nochruaft: / secht s me den* 56
*ned? / in bin genau so guad a weana / wia s es weana seizz!! / nua das e hoed en kan
gemeindebau won / und en kana kaukaseschn nuss . . .* — das gehört zu den wirksam-
sten Stellen jedes Leseabends.

Damit sind wir unversehens zum ruhigsten, versöhnlichsten Abschnitt unseres Bandes
gelangt: zu jenen Stücken, die der Kindheit des Dichters und seiner näheren Heimat
verpflichtet sind. Die klare Luft, die sommersüber in der ersten Frühe *se wia r a süwana* 57
*fodn / aus n winawoed owaziagt* in die Außenbezirke der Stadt, sie verklärt als Hauch
des Elegischen auch die Strophen dieser Gedichte. *i won zimlech weit draust / geng* 45
*schdaahof zua / anahoeb schdund fost / fon schdeffansbloz wek . . .* beginnt eines der

zauberhaftesten, und beschwört dann jene seltsam-schwebende Stimmung, die im Mor-
54 gengrauen manche Wiener Gegend dem Städtischen so sehr entfremdet, daß die *grodn-
bledschn und brenesln hinta da blaunkn fon an logabloz,* daß eine *gschdetn fola kamün
und hanslschliaffa* genügen, um die Realität dieser Stadt von uns zu nehmen in einem
Raum und Zeit auslöschenden Kindheitsgefühl. — Dazu bedarf es eines intensiven Er-
innerungsvermögens, gepaart mit präzisesten Formulierungen. Aber wie leicht übergeht
46 man diese Eigenschaften in so einfachen Bildern wie hier: *und waun s d einegaunga
bisd / en so a haus / zun diadafalbeowochtn / woa s soo küü drin / und soo schdüü /
wia r en ana kiachn / en dera wos s grad zmitog / an köch kocht haum ...*

Von der Erinnerung zur Sehnsucht ist nur ein Schritt. Wie klein er ist, zeigt jenes *liad,*
in dem Eingebung und Erinnerung sich mischen zum Bild einer kindhaften Melancholie,
aus der es plötzlich aufsingt, unmittelbar wie nirgends sonst in Artmanns Gedichten:
42, 43 *fliang fliang / fliang mechad e hoed kena / one maschinarii / wia r a fogal / auf fligln ...*
Die Ur-Sehnsucht aller Menschen, nicht nur der Dichter — sie ist der eigentliche
Motor, die „maschinarii" hinter der *maschinarii* dieser Gedichte. Insofern gewährt uns
dieses kleine, scheinbar so schlicht gefügte Lied den tiefsten Einblick in die Trieb-
kräfte solcher Kunstäußerung. Ob wir das „fliang"-wollen als Weltflucht, als Streben
nach Beherrschung der Mittel oder geistigem Erhobensein, als Sinnbild der Sehnsucht
schlechthin oder nur einfach als Reiselust, als Wunsch nach Veränderung deuten, ist im
Grunde gleichgültig. Wahrscheinlich resultiert es aus allen den genannten Komponenten
— und nicht nur aus ihnen.

Aber auch mit der *maschinarii* allein, ohne zu *fliang,* läßt sich zurechtkommen. Dann
50, 47 entstehen Gedichte wie *waun zwa oede bem brakn, bit aunan häulechn loarenz* (den
Breitenseer Pfarrheiligen), oder wie die Gedenktafel auf eine inzwischen abgerissene
Breitenseer Bedürfnisstätte: *waun s d fabei gesd / en suma / um d mitoxzeid ...* ein
48 Gedicht übrigens, mit dessen Schluß Artmann dem Leser noch rasch einen k. u. k.
Schnurrbart anzaubert, den wir aufzuzwirbeln versucht sind bei der Stelle: *wia domoes /
drunt aun da biawe!*

Dies ist Humor der heimischen Art, und hier berühren sich Artmanns Dialektgedichte
auch am ehesten mit Weinhebers „Wien wörtlich", mit dem sie gern verglichen werden.
Obwohl dieser Vergleich nicht bös gemeint ist, unterbliebe er besser, weil er Artmanns
Gedichte auf eine ihnen wesensfremde Ebene stellt. Nichts gegen „Wien wörtlich" —
aber von ihm zu diesem Band gibt es keine über die geographische Gemeinsamkeit
hinausgehende Beziehung. In diesem Zusammenhang ist ein Wort des Wiener Kunst-
kritikers Alfred Schmeller von Bedeutung: er nennt Artmanns Dialektgedichte „makabre
Litaneien aus der Wiener Vorstadt, etwas absolut Neues, das schärfer ist als die bis-
herige gemütliche Mundartdichtung, hintergründig, abgründig, das heißt, wirkliche

Peripherie, geraunzter Schwarzer Humor, der hier den Stadtrand erreicht". Kürzer läßt sich das mit Artmanns eigenen Worten sagen: Seine Gedichte sind *med ana s c h w o a z z n dintn* geschrieben. Und erst diese Formel bezieht auch die Liebesgedichte ein, ihre Freude wie ihre Enttäuschung.
Es sind ja auch Liebesgedichte besonderer Art. Sogar in ihrem Genre, das am ehesten zur Konvention und, über den Dialekt, auch zum Gemütskitsch tendiert, erweist sich Artmanns Originalität, und man kann sagen, daß auch mit ihnen eine neue Kategorie erstellt ist. Oder hat es bisher im Dialekt solche Liebesgedichte gegeben? Hatte da nicht fast alles einen ungewollt kitschigen oder zotigen Beigeschmack, bis hinunter in die tiefsten Niederungen des kommerziellen Wienerliedes und Schlagertextes, wo nur mehr Blödsinn und Geschmacklosigkeit herrschen? — Daran wollen wir denken, wenn wir Artmann *med an briaf fon mia zu dia* kommen hören, oder gar; wenn er *alanech fia dii* singt, ein Troubadour der Wiener Vorstadt von heute.
Dabei hätte dieses Liebeslied — vom Dialekt abgesehen — gar nichts Wienerisches mehr. Aber durch eine einzige Zeile — sie heißt *auf da belaria oda bein e-wong* — macht es Artmann zu einem der wienerischesten des Bandes.
Auch dieser Kunstgriff: erst hinterher, vom fertigen Gedicht aus, ist er kontrollierbar. Wie so viele andere, mit denen erlernbare Virtuosität dem Nicht-mehr-Erklärbaren seine Töne entlockt, mag auch er fast automatisch getan worden sein, ohne Vorausberechnung, aus einem Wissen, das sich nicht lernen läßt. Eben dieses Wissen an Hand einiger seiner Äußerungen aufzuspüren und nachzuweisen, hat meine Interpretation mit bescheidenen Kräften versucht.
Fassen wir zusammen:
Artmanns Dialektgedichte sind keine D i a l e k t gedichte. Auch keine Wiener Gedichte, sondern Gedichte aus Wien.
Nicht aus dem Wien, zu dem sich der Weg von Paris ab St. Pölten zu ziehen beginnt.
Wienerisch ist nur die Sprache dieser Gedichte. Sie selbst bilden ein Spannungsfeld unmerklich-unablässigen Austausches von Eigenem und Fremdem.
Der Staatsbürger H. C. Artmann ist unter anderem auch Wiener. Der Dichter H. C. Artmann aber sieht das *ringlgschbüü* des Lebens mit anderen Augen

und schreibt es — *nua ka schmoez ned!* — hin

*med ana s c h w o a z z n dintn.*

FRIEDRICH POLAKOVICS

## b l a u b o a d
## 1

i bin a ringlgschbüübsizza
und hob scho sim weiwa daschlong
und eanare gebeina
untan schlofzimabon fagrom . .

heit lod i ma r ei di ochte
zu einen libesdraum —
daun schdöl i owa s oaschestrion ei
und bek s me n hakal zaum!

so fafoa r e med ole maln
wäu ma d easchte en gschdis hod gem —
das s mii amoe darwischn wean
doss wiad kar mendsch darlem!

i bin a ringlgschbüübsizza
(und schlof en da nocht nua bein liacht
wäu i mi waun s so finzta is
fua de dodn weiwa fiacht . .)

blauboad
2

heit kumst ma ned aus
heit muas a de griang
heit lok a de au wia r a fogal
zu mia hinauf iwa sexaneinzk schdiang
in zima kawinet und kuchl . .

heit brenan ma keazzaln
in bumpadn bluad
heit woa r e scho zwaamoe
bein scheanschleiffa duat
dea hod ma de messa frisch gschliffm . .

heit schboa r e kan aufwaund
heit wiad opariad
und nochhea kumst owe zun donaukanäu
fon wo de des wossa noch oewan entfiad
und ii — wosch me en finztara unschuid . .

muang wean s as daun lesn
und duach s radio hean:
*schon wida ein madl ferschwuntn in wean!*
und ii — da blauboad fom brodaschdean
sizz solid in kafee bei an gschdregtn . .

doch heite bleibt heit
und do gibt s kan bardaun:
a keazzn a frau und a messa!
en so ana xööschoft do is ma net z draun
do reit me a *koischwoazza kefa . . . !*

## k i n d a f a z a r a

kölaschdiang
kölaschdiang
dreimoe deafst rodn
*ans zwa drei*
*ans zwa drei*
wea duatn schded
met da zitrechn haund
met de zitrechn aung
dreimoe deafst rodn
wea duatn hogt
met de zitrechn aung
met da zitrechn haund

kölaschdiang
kölaschdiang
da ma r an schen graunz flechtn!
*ans zwa drei*
*ans zwa drei*
drei glane granzaln
fia drei glane maln
auf da kölaschdiang

met da zitrechn haund
met de zitrechn aung
*ans zwa drei . . .*

## wos unguaz

hosd nix bemeagt?
des messa do
hod se alanech
gaunz fon söwa
griad . .
fon köla bis zun doch
ka mendsch ka kozz
ka maus en haus
und des farfluachte messa
hod se gaunz fon söwa
griad . .

do schdimmd wos ned!
do is wos zwischn uns!
do is wos unguaz
zwischn dia r und mia . .
ar messa kaun se do
ned so alanech
gaunz fon söwa rian!

mia ged s baakoed
duach s bluad . .
si frogt en ana dua:

hosd nix bemeagt . .?
hosd as ned xeng . . .??

es gibt guade und bese geatna:
des is es liad fon an besn

mei gmiad
is ma fadistad
waun da mond zuanema duad
i hoed s daun nima r aus
mi glist s fost noch an bluad
do nim e mei giaskaunlkaunl
und giass de bluman
wia r a reng . .
und daun
und daun
daun nim e d sichl draun
und hau r eana r ollan
d kepfaln oo!

*an* qadratmeta zeascht
und *zwaa* qadratmetan
und an gaunzn *gatl*
ana *glan* wisn
ana *grossn* wisn
und daun an gaunzn
*födfödföd* . .

do ken e nix
do giw e kan bardaun
do kuman s olle
*olle* draun!
de gaunze nocht
hadsch i daun duach
des bluad rind mia
fon *omd* en d schuach
i schneid schneid schneid
das des bluad nua so
fon da sichl *schreid*
bis in da frua!

## b r o d a s c h b i a g l g a l a r i i

en jeda
brodaschbiaglgalarii
bast hinta dia
schdüü das d nix meaxt
a schlechta deifö
auf dei oame söö
dea schnabt
gschigt wia r a kazzl
waun s d nix meaxt
med seine hareng gräun
noch deinem schönen gschdöö
dea schnabt nua z gean
noch dia noch dia . .

jedoch
du meaxt nua bluman
rode aus babia
und englskepf
und schdimman in da luft
und rosa woikn
weisse deiwaln
oaglschbüü . .

und drin en schbiagl sixt
nua goidne zagalose uan
was s got wia füü
und handaln finga
schmoe wia öfmbaa
an obnd fola schdean
und lipm glixglee aung
a siasses gfris feleicht
a lila foschinxloaffm
a seidnes himöbet
a heazz
(net deins)
des wos grot bricht
und maunxmoe
gaunz fadrad faschom
dei eigans xicht..

dageng meaxt nii und nii
den schlechtn deifö
owa dea is imma imma
hinta dia
duachsichtech
glesan
wia r aus glos

und *hod* a s eascht amoe
dei oame söö
so lost a s nimma los
aus seine hareng gräun...

dea schdrenge hea onkl
befilt rosalien
ein hun apzuschdechn
was rosalien sea
in ia weiches heazz schneidet

rosalie
sogt da hea onkl
schdich ein hun ap
da hea aumzzrod maresch
komt heit auf besuch . .

*o rosalie*
*wii wiat dos wean?*
*weng den bledn hean maresch*
*muas a weisses hendal schdeam . .*

rosalie
sogt da hea onkl
nimm das schdilet
und schleiff es bikobello
auf dem schleiffschdaa —
dos oame dia
es soi ned zu fü leidn!

*o rosalie rosalie*
*o lilie und rosa*
*wia wiat dos wean?*
*dea gedaunkn schon alanech*
*is soo schiach*
*schon ea gibt deinem gutn heazz*
*an diaffm schdich!*

rosalie
sogt da hea onkl
sei wiff und schneit
dich net in deinen finga —
ich kaun kein bluad net seng!

*o rosalie rosalie*
*dein gutes rosnrotes heazz*
*wia wiad s dem gee ..?*

rosalie!
schreit da hea onkl
mein freunt da maresch
und ii
sizzn schon im saletl
mit messa und gobl
und haum an risn flamoo!!

*o rosalie!!*
*rosi!! sali!!*
*eea schdixt du dich*
*in dein eigen herz*
*oes in des oamen*
*oamen hendal seinix ...*

i sok da s
wäu s scho woa r is
und wäu s a r unhamlex gfret is
met de malfuanauman!

en an jedn doschnkalenda
wos d en d haund nimst
schded a gaunza schwung
fola malnauman drinat:
do hosd schene und fade
hoebschene und schdade
hoebschiache und blade
und gaunz schiache aa!
meistns haum owa wia r ima
de schiachn weiwa de schenan
und de schenan de schiachn . .

zun beischbüü
hast do jezt ane *öfi*
owa daheakumd s med ire öfa
wia r a jingara r ölefaunt
(a soichane betaunschdessln hod s!)
und ar aundare hast fomiaraus
*scholastika* (pfui da deifö!)
und grot *de* is drozzdem zoat
und schmoe und wiolet
oes wia r a feigal en woed . . !

wiasd sixt
so is auf de gaunzn depadn fuanauman
iwarhaubt ka schbua fon farlos . . ! !

waun s d *mii* auschausd
so gee r e söwa jezt scho boed en gras!
und nua desshoeb
wäu dei nauman *goschi*
en kan anzechn kalenda z fintn is
und wäul e aus den grund ned was
auf wos fia r a gräulawadschaz datum
dei naumanzdog foed

damid e da r a boa neiche neilaun kauffad
oda r a schdekal med eascht hoebaufbliade
dunglrode belagaunien —
goschi . . .

## waun e jemoes..

waun e
jemoes en mein lem
a madros wean soit
— wea was s wo r e iwaroe no hiikum..?
und i kumad noch hambuag
oda r i kumad noch kapschdod
oda r i kumad noch nagasake
so liassad a me glei en da frua
fuan aun da brust
linx und rechz
detowian..

jezt bass auf aungl
ded e song
bass auf und foa net danem
met dein nadal
sunzt is s oha!

iwa s heazz
detowiasd ma r a dauwal
med ana rosn en schnawal..
auf d aundare seitn
iwa d lungan owa r a zweizz
med an doschndiachl fua d aung..!

de miassadn se daun
a bussl gem de zwaa!

und unta den dauwal
iwa da lungan
schdingad *mei* nauman —
owa r unta den iwa n heazz
da *deineche*...

## alanech fia dii

i mechad me *dia*regt fia dii
en a blumanschdandal fazauwan
alanech und grod nua fia dii
med haud me und hoa me fazauwan
en a schdandal foi duipm und rosn
foi draureche astan und nökn
en suma r en heabst und en winta
bei dog und bei nocht one z wökn

und ima hed e daun offm
und ima ded e daun woatn
auf da belarea oda bein e-wong
oes wia r a lewentecha goatn
und nimoes schberad e zua . .

und rinat da *reng* aa r en suma
so brenat da *mond* ma r auf d nocht
und schneiwad s en winta r an *schnee*
so scheinat bei dog me de *sun* au
mia wuarat des woatn net z fad —

i qenad s sogoa met da zeid —
und schaurat da bein umschdeing daun zua
med ana frischaufbliadn freid . .

zwoa kentad e daun ned fon fleg
und schdingad nua schdüü wisawii
*owa r a jez bukee wos auf mia waa*
*waa r umsunzt*
*und alanech fia dii . . .*

## drei gedichta fia d moni

1

gima dei haund
das e glaub i hoed
a glans woedfogal
en da mein —
a nochtegoe . .

gima dein odn
das e s ned fagis
jezt en winta
wia de luft is
en schbedn abrü . .

gima dein mund
das e s gschbia
wia s am is
waun am a rosn
unta d aung foed
oes s a blinda . . .

2

kum
moch ma d aung zua
das uns nimaund sicht . .

faschdek ma se enanaund
wäu s jezt ole rundumadum
iwazong haum
das unsa heazzschlog
met blosse finga
en d brenesln griffm hod . .

hoed ma se medanaund
en mund med n mund zua
das uns des bumpan en bluad
ned wia r a rode aumschl
aus n hoes schbringd . .

faschdek ma se gengseitech
en de eigana hoa
das unsa heazzschlog
schee launxaum und launxaum
wida zoat wiad und ruich wiad
wia windliachta r en suma
waun wo gaunz en da weidn
d zigeina schbün . .

kum
moch ma d aung zua . . .

3

hosd as ned kead
mei schdimm en da nocht
mei schdimm aus de bam
aus d ladean aus de blaln
aus de dred aus n gros . . ?

hosd as *ned* kead
mei schdimm en da nocht
wia s wia r a schdandal
aun dei fenzta gitscht?
mei schdimm en da nocht
waun s d grod zua hosd?

hosd as *ned* kead
mei schdimm en da nocht
wia s wia r a binan
iwa dein bet sumd?
mei schdimm en da nocht
waun s d grod offm hosd?

hosd no *nii* en da nocht
mei schdimm kead
wia s ima r und ima
one aufzhean
dein nauman sogt . . . ?

aum eaxtn

is s ma r one dia

aum eaxtn is s ma r one dia
um fire in da frua
waun d easchtn aumschln schrein

i bring ka aug ned zua
en dera weissn frua
waun s fire schlogt
und ole aumschln schrein

i kent ma s heazz ausreissn
um fire in da frua
und auf de gossn schmeissn
waun d aumschln schrein

en suma en da frua
alanech
one dia
und d aumschln schrein

en suma en da frua
waun d aumschln schrein
und de sun hinta da donau
frischqoschna r aufschdeigt . .

alanech
one dia
en dera weissn frua . . .

a *dauwal* miassad med an briaf
fon mia zu dia fliang
a *schwäuwal* miassed med an briaf
fon mia zu dia fliang
a r *aumschl* miassad med an briaf
fon mia zu dia fliang
a gaunze lufft fola fegl miassad kuma
und med mein briaf
fon mia zu dia fliang

i mechat da r an briaf schreim
an den wos a da r a drokane rosn
zwischn zwa blaln babia legad
i mechat da r an briaf schreim
en den wos a da fua n zuabikn
mei ausdroknz heazz einelegad
zwischn de blaln

med ana *rodn* dintn how a da gschrim
das a de gean hob
med ana *grinan* dintn how a da gschrim
wia r e no qoat hob auf dii —
med ana *schwoazzn* dintn owa mecht e da
jezt auf s weisse babia schreim
das ma r es heazz ausdroknt is
fua lauta woatn . .

med an briaf
fon mia zu dia

med ana *schwoazzn* aumschl
wia r a da r an briaf schikn
med an *schwoazzn* schwäuwal
wia r a da r an briaf schikn
med ana *schwoazzn* daum . .

*a schwoazze lufft fola fegl*
*wiad med mein lezztn briaf augflong kuma*
*und auf d nocht duach s fenzta*
*fua dei bet zuwe fliang!*

## dei lug

dei lug is ma r aufgaunga
wia r a r augfäuda mond!
dei lug is ma r aufgaunga
wia r a koez unedex liacht
auf des wos kana schded . . !

i hob de domoes en da frua
um dei adress gfrogt — göö? —
das ma se schreim kenan
wau ma *zeid* haum
das ma r an raund ausmochn
fia schbeta . .
owa *duu*
du hosd ma r a linke augem!

und wia r a da gschrim hob
weng buakaschdoaf — göö? —
wo mei dant a leas haus hod . .
do is ma mei briaf
den wos e da
med mein eigan schbukaling zuabigt hob
zruk
wia r a bumarang!!

des hod me droffm —
kaunzt ma glaum . . !

dei lug ged jezt auf
wia r a koeda schiacha mond
auf den wos e ned has woa . .

es wiad scho
(wasii??)
seine grind kobt haum
das d ma r a linke gem hosd —
owa *dengt* hed a ma s *nii*
das d so sei kenzt
wo ma do a gaunze nocht
en schdotbak auf an *bangl*
beianaund qesn san . . .

a xunz
lamentawö

drei dog scho gee r e en ka hokn mea —
i hob en oedn augland lossn en da bude!

drei dog scho how e nix mea gschloffm —
i kaun kaum mea r aus d eigln schaun . .

drei dog scho lig e auf meina hapfm —
i schau me no aum blafaun depat . .

drei dog scho riar e kan bissn mea r au —
i reis me nedamoe mea r um a naduaschnizl!

wiasd as scho no seng waun s me ohoin . .
heite — muang — oda r iwamuang!
net das d glaubst das e d gas aufdraa weng dia
owa mia r is drozzdem olas wuascht . .

i was s ned woarum s d nima schdesd auf mii —
hesd ma s jo glei song kena fon aufaung au . .
*jezt* wäu r e aum saund bin weng dia
*jezt* reibst ma r en gschdis!!

wiasd as scho no seng wia s me ohoin wean
med an schwoazzlakiadn auto . .
kan bissn ria r e mea au das d as wasd!
waun s noch mia ged fahungar e no heit . .

wos was ii woarum s nima r auf mi schded?
hed s ma s jo glei song kena
und ned jeztn wo r e aum saund bin!

en an schbedn heabst
*(fia d eani)*

fua da dia rengd s
un en mia rengd s
jo da heabst is en mia
grod wia draust
jezt singd scho da rob
iwan suma sein grob
und da himö is driab
das s am graust . .
und da wind dea riad um
ea r alaa is ned schdum
ea schraufd se
duach moak und duach boa —
owa d fegl san schdad
d blia r und d blaln fawad
und mii drugt mei heazz
wia r a schdaa . . .

## l i a d

a r aumschl
en ana faschneibtn schdaun
feigaln
med eanare raureiffloaffm
es gristkindl
met de feinan glesanan hoa . .

waun zu weinochtn
mitn en schnee
mitn en eis
de feigaln bliaradn . .

i frog me ima
wea do drau tschuid is . .
wos san dn aa scho
schneeflokn
eisbluman
d fenztascheim . . ?

a senkrechte wisn
aun dera wos am d nosn
augfriad!

naa naa!!
a so a gristkindl
is scho recht oam drau:

fligaln
süwane glekaln
a goidans hemtal
aung wia d schdeandln . .
owa r a senkrechte wisn dazua
*one* gros *one* feigaln . . !

waun owa feigaln en winta bliaradn
brokad s sicha d aumschl oo . .
brokad se s sicha de aumschl
fua hunga . . .

woarum aa *ned?*

a glans mal
en an madrosnqandl
en da sun
unta r an nussbam
    und zwa robm
    de was ia
    en heabst bringan

l i a d

a weisse woikn
duach n blaun himö

fliang fliang
fliang mechad e hoed kena
one maschinarii
wia r a fogal
auf fligln . .

a glana bua
en an madrosnqandl
en reng
unta r an bopöbam
und zwa daum
de wos eam
es früjoa bringan

a blaua himö
duach d weissn woikn

fliang fliang
fliang mechad e hoed kena
*one* maschinarii
wia r a fogal
auf fligln . . .

## liad

a bak
on bam
one gros
one wossa

a bak
one fegl
one luft
one saund

a bak
one bam
one gros

nua r a mond fola schwamaln
nua r a blaus deamometa
zwaa meta fon heazz
zwaa meta fua d aung
zwaa meta fon mia . .

a r oez deamometa!
a mond fola schwamaln!
a bak one bam . .

i wia *nii* en mein lem
en s baradis kuma . . !

## i won zimlech weit draust

i won zimlech weit draust
geng schdaahof zua —
anahoeb schdund fost
fon schdeffansbloz wek . .

waun e en suma z laung aufbleib
so bis zwaa oda drei in da frua
do lost me da hau fon wisawii
nima r eischloffm —
so schreid a r und singd a
aus seina holaschdaun ausse . .
(wisawii is en hean dwoaschak
sei logabloz . .)

hinta da blaunkn fon den logabloz
woxn grodnbledschn und brenesln
woxn d hendln und da hau
woxn d uanschliaffa und d ostln
woxn d ziagln und s mäuta
woxt da gruch fon deea
und frischn hoez
woxt da schnee und da reng
und de sun aus *de* holaschdaun ausse
de wos hinta dera blaunkn
aus n hean dwoaschak sein grob
aussewoxn . .

i won zimlech weit draust
geng schdaahof zua
und do lost me eftas da hau
en da frua nima r eischloffm . . .

## fia n dom schak

amoe en mein lem no
mechad e
domschakbiachln dauschn gee
fon bradnsee ume
in d rosnschdaagossn
blossfiassech
en suma
waun d sun brend
met de zechn
en woaman assfalt . .

aus jedn haus hot domoes
a bealina bankrauwa
oda r a r opiumschmugla
aussagschaud
aus jedn mistkiwö
a dode leich!

und waun s d einegaunga bisd
en so a haus
zun diadafalbeowochtn
woa s *soo küü* drin
und *soo schdüü*
wia r en ana kiachn
en dera wos s grod zmitog
an köch kocht haum . .

owa r unsa dom schak
mezzaumt n bit schdrong
is lenxt scho in himö
bei de gaunzn aundan dedektif
fon fuagestan . . .

bit aunan
häulechn loarenz

häulecha loarenz
met deina qödn leichtadn haud
i bit de hea zua:
nim deine aung
und schau owa
du häulecha loarenz
auf dei badnsee —
es kead jo dia..!
nim deine fligln
und schdeig owa
fon himmleschn
lilienbrodrost!
schdeig owa
auf unsa bradnsee
und fajauk des xindl
des wos jezt de leztn
eemeatechn heisaln
en oedn uat draust
ooreissn lossn wüü..
farjauk s mezzaumt
eanare graumpna r und schaufön
mezzaumt eanare brechschdaungan und baggamaschinan!
an brennhassn grosmechtegn
gliatadn eisnbrodrost
du häulechar loarenz
nim met deine schenan
leichtadn hend
und jauk s damid
aus unsan guadn
oedn bradnsee
zun deifö!

## w a u n  s  d  f a b e i  g e s d . .

waun s d fabei gesd
en suma
um d mitoxzeid
fua r an so an
gringschdrichanan blechduam
do hot de luft
de schene
woame
laue
blaue
wos aundas au
aun d finga
oes glaseehandschuach . .
do nuzt ka flida ned
kaa rosn
kaa jassmin
jo nedamoe a kochaz
fassl fola deea . .

do hast s nua r ans
mei liawa freind:
en odn koedn
und
de aung zuadrugt —
*und duach*

wia domoes
drunt aun da biawe!

## des neiche blagat

des neiche blagat
— wasd? —
wos de blagatara
gestan
aun de blaunkn
blakatiad haum
— wasd? —
des schene göwe
met de balmas neilaun..

sog
glaubst ned
das da r a so a blagatara
ans gewad
a so a iwrechbliwanas
met de gschdödn haxn drauf
— wasd? —
waun s d eam dafua
a fiadl zolasd?

i mechad ma diaregt
ans aufhenkn
iwa meina hapfm
daham!

## w a u n  z w a  o e d e  b e m . .

waun zwa oede bem brakn
faungd s boed zun renga r au . .

sogt da r ane zun aundan:
wasd tschermak
*dostal jsem dvacet schijlink* . .

ui jessass!

kar wunda das se glei a weda
draustn iwar duanboch zaumziagt . .
  (und *ii*
  i wüü an aussflug mochn
  met da hüde . . !)

wos sol e eich song?
den seine zwanzk schüleng
fardeam ma jezt gaunz hitlduaf
mezzaumt da r umgewung!!

i hob no nii an brodneid kend
i fargun an oedn pfrintna sei göd . .
owa waun a s nua *deidsch* xogt hed
und ned bemesch (wo sama den!?)
hed s feleicht eascht *muang* zmitog
zaun renga r augfaungd . . .

## i bin hoed a schdiafkind

i bin hoed a schdiafkind!
bodschad auf d wöd kuma
und nix dazuagleand
ocht joa bamschui
und a jez moe duachgfoen
bein hean bamschawö en da lea
drei joa laung
und de masdarin a bisguan
und da masda r a noa
fon zoata jugnd auf
nix wia rostex wossa
und blechans brod..

olas wos recht is
an aundan ged s wenextns
ole häuleng zeidn amoe guad —
owa mia?!

an gnelreida zun neichn joa!
an binkl hausdedschn zu osdan!
koede fiass auf pfinxtn!
nedamoe a buanheidl zun naumanzdog!
und auf d weinochtn
(op s d as glaubst oda ned)
ar guseisans gristbamgschdöö —
owa fon dritn schdog owe
aum bluza!!!

i sog eich s
(schmeeone!)
nedamoe met de feiadeg
kaun i schdiafkind
mei freid haum...

## fia n schdeffan bral
## mein freind

wos nuzt da scho dei neicha boasalino
wea schdet dn scho auf dei intelegenz
wos fiar r an rewach host den scho
fon deina freindlechkeit geng damen
oede leid und inwalidn..?
s gibt ka gerechtechkeid
und undaunk is da wödlaun!

ja — so a gemeindewonung miassast haum
a schene brafe frau de wos de gean hod
und jeden easchtn in da frua dei sichas
en de qoschne haund!
des waa r a mezzii —
*göö liawa freind?*

owa leida leida: schnekn!

du wiasd *nii* in dein lem
fon dea müch
fon den zuka
und fon de ziwem
de wos a schene brafe frau
en da neichn amereganeschn gredenz
fon so ana gemeindewonung
faschdegt hod
owenoschn kena..
des dan aundare fia dii —
woarum was da floke!

du bisd hoed und bleibst hoed
aufblad wia r a r alee um leboide..
a farhungada schotn
fon an bam en winta
den wos *ka* r apfal mea zuafoed...!

fia n pjotr

auxoffana r untan gristbam
waun d keazzn brenan . .

auxoffana
unta d zweigaln
unta d engaln
unta d süwafen
und da windbocharei

und ka söö dabei
und kaa söö dabei nem dia
de wos da r aum nextn dog
de woxdropfm aus n aunzug beglad
med an leschbabia . . .

## no und waun scho

waun s aso weida ged med mia
daun wia r e boed
auf ana gschdetn fola kamün
und hanslschliaffa schloffm
auf ana gschdetn draustn
ausgschdregta r auf d hanslschliaffa
und de wachn kamün . .
und i wia dooling
en mond und en reng
und drama
das des oede eisn rund um mii
an goidwead griagt hod . .

no und waun scho!

is s feleicht schlecht
waun am *drozzdem* no
so an — zwa gschdetn iwableim
wo ma se hiihaun kaun und drama?
zun beischbüü unta da schdaahofabrukn
oda r en gangl hint bein lupusheim . .
es is do ee scho gaunz bowil
op s d jezt auf fedan büslsd
oda zuadegta met d uawaschln
auf d kamün und d hanslschliaffa . .

waun e daun a rostech wia r en da nocht
und munta fola dau bis auf d haud en da frua . .
hautsoch das me ka gschmiada wegt
und fuatschdampat
waun e grod so doolig und dram
das des oede eisn rund um mii
an xundn goidwead griagt . . .



no und waun aa scho!

# agazebam und kastanien

agazebam und kastanien
san weanaresche bam!

en ana baud se da mond
seine nesta r auf d nocht
und do leicht a wia r a runda fogl
iwa bradnsee und otagring
iwa meidling iwan laaabeag
auf simaring und flurizzduaf
auf duanboch und d brigitenau
bis hinta d oede donau ume
bis noch gograu . .
iwa n gaunzn schdotblan driwa
leicht ar aus seine grinan nesta!

owa jezt gengan de meistn leid
fua de kastanien und agaze fabei
und iwanosan s eana lepdog ned
wia r eana da mond
seine glenzadn aung nochdrad
und wia r a r eana nochruaft:
secht s me den ned?
i bin genau so guad a weana
wia s *es* weana seizz!
nua das e hoed
en kan gemeindebau won
und en kana kaukaseschn nuss
sundan en meine kastanien drin
und en de agazebam . . .

## libhazzdoe

wos wüü den ana scho redn
waun a no nii draust woa
aun an ogtowadog
en libhazzdoe draustn
aun an blaun ogtowadog . .

unta da wochn
faschdest?
waun am kaa mendsch schdead
und wau ma fon otagring drin
des autofoan gaunz leis nua
aussehead . .

und waun de gloare luft
se wia r a süwana fodn
aus n winawoed owaziagt
und am ole damlaung
a reife kastanien
diaregt fua d fiass fliagt . .

wos wüü den iwahaubt scho
so ana redn
iwa r an heabst
iwa r an
*wiaklech* schenan?

## winta

auf da greisslaruua
is s dreifiadlfia
unsa hea hausmasta
schauföd fua da dia

a wäu daun schbeta
net gaunz a schdund
kumt de frau meia
med ian hund

da diafe schnee
und de gasladean
a fogl schreid
fuan finztawean

und da mond schdeigt
iwa n giatl drin auf
s wiad zeit das e
zwaa kinokoatn kauf

en kino nemlech
fön en winta de zen
bei *viva las vegas*
en kalefoanien

noch n kinogee owa
is gaunz bradnsee
wia r a neiche betwesch
fola frischn schnee

dea bliald und glenzt
rund um de ladean
da mond is faschwuntn
mezzaumt de schdean

a jede gossn
is a weisse garasch
de auto schloffm
en gensemasch

de ringlgschbüü draustn
san aa faschneibt
de schbean eascht auf
waun s bleta dreibt . . .

## wos bsundas

a schnupfmbazzün is soo glaa
das eana dausnd medranaund
auf an anzechn fraunkefal
noch mariabrun reidn kentn . .

jezt miassad owa r a jede fon eana
an so an glan lampeaun midhaum
dea wos eana grod komot
en s linke handal bassad . .

    no seawas! dedn d leit daun song:
    an so an hauffm glane liachtaln
    how e mei lepdog no ned xeng —
    des muas wos gaunz bsundas sei . .

und a jede fon de bazzüna miassad aussadem
a so a winzege mundhamonega mitdrong
— en da r aundan haund — und grod aso gros
das s eana genau fua s goschal bassad . .

    no seawas! dedn d leit daun song:
    ar so a winzech glane negamuseg
    how e mei lepdog no ned kead —
    des muas scho gaunz wos bsundas sei . .

owa z guada lezt miassad ar jede
fon de fliagadn schnupfmbazzüna
ar gaunz ar glaawinzex dunglgrins
schnialsaumtkapö auf m kopf haum!

jessass!!!!
jezt hod s bei de lilibudana
ar gressare kapöfabrik zrissn!
dedn do de leid duacharanaund schrein
wäul auf aamoe
a gacha windschdos denan schnupfmbazzünan
eanare grinan dusikakapön
iwa baumgoatn oweqad hed...



und *des* soitat feleicht *nix* bsundas sei!?

wos e
aum schdaahof darad

jezt giw e boed des dichtn auf
und möt me aum schdaahof
glei nextn mondog en da frua
oes noa und briafdaumzichta . .

agrinkiariates kaschpalqaund
wiad ma daun d weataschoft beschdön
zun zeichn fia mein gloan faschdaund
oes noa und briafdaumzichta . .

do draust aum schen lemonebeag
en lauta frid und sölechkeid
leb i daun wia r a butnzweag
oes noa und briafdaumzichta . .

jo schon en ola heagozzfrua
fua n rundn zimal auf da schdiang
sizz ii — und schau den dauwaln zua
wia s iwa n winflus umefliang . .

wia s saumft hinüwarschwebm . .
rosinan und ziwebm!
hinauf hinauf zun himöhof
oes wia r en s bessre lebm . . !!

fua n finztawean woat ich jedoch
met gugruzzkean das s widakean
damid s *aa* wos zun nochtmoe haum . .
das se net d leid beschwean . . .

de ruiche kugl waa ka schaund
— i scheib a laudare oes dichta —
drum foa r e jezt en s kaschpalqaund:
oes noa und briafdaumzichta . . . !

## astronomii

waun ana
a schdeanguka r is
schaud a se
ole dog
noch da r oaweit
auf d nocht
seine schdeandaln au
wia r eem a r aundara
auf d nocht
noch da r oaweit
ole dog
sei maknalbum
auschaud
waun a zufölech
a maknsaummla r is . . .

# waun da hong reist

waun da hong
(sagt da fata)
fon unsan gristolanan
lusta reissad
mochad s *tschinn* . .

und de muta sogt:
bass liawa r auf
und schbaun
a schbrungduach auf!

owa do mocht
da zimahea iwa r uns
an foeschn drid
und dea hong reist *wiaklech* oo!

do sausd a jezt owe
da lusta!!
wia r a gaunze galarii
fola r eiszopfm . . . . . . . . . .

## kawarebeag fotagrafian

med ana kamara
kawarebeag untn
med ana kamara
kawarebeag om
med ana kamara
auffe und owe
med ana kamara
geng an kawarebeag
geng de bamgraxla
geng an kawarebeag
geng de rodn und
d blaun und d göm
und geng d grina
indeanahaumafedan
med ana kamara
auffe und owe und
ume und iware und
ausse und eine und
schif und grod
und linx fabei
und rechz fabei
und rundumadum um s dawanakl und
duach n himö hoch
und duach d höö has
und kawarebeag untn
und kawarebeag omad
med ana kamarakamara
. . . . . . .
bis das de brenesln
aus n objegtif
aussaschbrizzn!

## wo is den da greissla?

wo is den da greissla —
wo san den de magewiaffön de soezguakaln
de salame da qaglschduazz da gristoezuka . . ?
wo is den de greisslarin?

wo is den da koinhaundla —
wo san den de koin und da gox
und de untazinda de wos nii aubrenan . . ?
wo is den en koinhaundla sei frau?

wos mocht den da bafimarist —
wos dan den de saffm de keazzn
s bedroleum und de blaun niweeaschachtaln . . ?
wo is den da bafimarist med seina bafimarii?

wo is den da gschiadandla —
wo san den de scheam und de hefaln
de besn de leffön de giaskaunln . . ?
wo is den de gschiadandlarin?

wo is den da bek —
wo san den de semön da guglupf
d wachaualawaln de soezzschdangaln . . ?
wo is den da bek met da bekin?

ka mendsch
    ka gschia
        ka saff
ka koin
    ka soez
        ka bacht . . !

wia batazeln aus wööblech
schaun s aus
de oweglossana roiboekn!

hot den heit olas de bodschn ausgschdregt?!

nua de radio
    nua de radio
        nua de radio . .

und fia de gebuazzdoxkinda r iwa r ochzk
schbün s da r en ana dua
des afe maria fon gunoo!
nua de radio san no doo . .
        nua de radio!

en ole fenzta san s do
und hean da nima r auf!

meinar söö!
de sundeg en suma henkn ma scho so zun hoes ausse

waun s nua zun renga r aufaungad . .
waun s nua scho wida *mondog* waa!

wossaresawaa

*aa* wossaresawaa
a *zweizz* wossaresawaa
a *drizz* wossaresawaa
und a *fümfz* und a *simz*
wossaresawaa . .

a wossaresawaa
en bradnsee
a zweizz
en libhazzdoe
a drizz sogoa
aum galizzebeag
en da hee . . !
und dausnd
dausnd en da gaunzn
gaunzn wöd . .

wos soi ma do mochn?
da duascht
da duascht
(op s d wüsd oda ned)
da duascht dea head se
nii und nimma r auf!

noch ana sindflud
san olawäu
de fenztabreln fafäud —
ka fogl singd mea en de bam
und de kefa schwiman en d lokn
med n bauch in da hee . .

waun s d an bam beilsd
foen da dropfm aum huad
und en de kino drin
riacht s noch hei- und woefisch
de wos en ole rein xessn san . .

noch ana sindflud
san olawäu
de fenztabreln fafäud —
owa mia san ole dasoffm
und kenan s goa nima seng
wia de gaunzn kefa so fakead daheaschwiman
mia kenan s a nima gschbian
wia r uns de owebeildn dropfm
fon de bam aum huad drepfön
uns ged a des gschraa fon de fegl nima r oo
und unsa nosn riacht nedamoe an schbenala mea
geschweige den an hei- oda woefisch . .

noch ana sindflud
sama r ole medaranaund
saumt de hextn beag
dasoffm . . .

## dod en wossa

waun s me aussezan
waun s me aussezan
aus da donau
untan wintahofm
bei oewan
wiad ma des monogram
wos ma mei muta r amoe
en s hemt zeichnt hod
lenxt fawoschn sei:
a monogramdintn
is aa nua r a mendsch
und hoet ned ewech..

waun s me aussezan
waun s me aussezan
untan wintahofm
bei oewan
en heabst
how e a neix monogram
a leichz und a schweas
wäu s me amoe auffedrad hod
und amoe owe aum grund
und hii und hea
wia s en wossa scho is..
und da suma woa laung
und de schdrömung ned schdoak
und de wassreche gengd
hod es iwreche gmocht..

a fisch fia de wön
und a r aunka fia n grund
oes monogram unta d aung
is bessa r oes kans —
owa drozzdem ka easoz
fia des schene blaue
wos ma mei muta seinazeid
en s hemad einezeichnt hod . .

waun s me aussezan
waun s me aussezan
en heabst
bei oewan
untan wintahofm . . .

waun s d a bech hosd

waun med an rola med an auto
met da dranwei met da baun
oda r en da luft med an flukzeig
wos basiad
    daun is olawäu ana dabei
    dea wos a keawal drogt
    med frischbrogte
    himöschlissaln . .

waun s d a bech hosd und dabei bisd
bei den malea
und a dopözz bech hosd
und umeșchdesd
zwischn soo fü benzin und eisn
    daun griaxt aa r ans
    a so a schlissal
    so a goidans
    fia n himö . .

de retung
göö
de is a schwoazza fogl:
amoe gschwind
eftas owa wenecha
maunxmoe z launxaum . .

und waun s d a bech hosd
und dabei bisd bei den malea
und waun s d a dopözz bech hosd
und scho umeschdesd
zwischn soo fü eisn und benzin
befua de no dea schwoazze fogl
unta seine gloarofoamfligaln nimd
    daun brauxt nua mea
    en s gnobfloch greiffm
    one hii z schaun
    met da linkn haund!

    do schdegt s da scho drin
    des schlissal
    des goidane
    des frische
    *des do*
    des wos da dea hamleche hea
    dea med n keawal (wasd ee scho!)
    demoment faread hod . . .

## a n  b r i a f d r o g a  s e i  g s c h b e n z t

lauta schwoazze bama
wo r e nua hiischau
und a weiss briafal
en da r umhenkdoschn
lauta schwoazze bama
und kaa schbua
fon ana r adress . . !

hii drid i und hea
des schdiang schdeing
und des pflosta dredn
wiad ma scho schwea . .

lauta weissa schnee
wo r e nua hiischau
und a schwoazz briafal
en da r umhenkdoschn
lauta weissa schnee
und kaa schbua
fon ana r adress . . !

hii drid i und hea
des schdiang schdeing
und des pflosta dredn
wiad ma scho schwea . .

lauta weissa schneeeeeee
lauta weissa schneeeeeee
lauta schwoazze baaaam
lauta schwoazze baaaam

und zwa briafaln dazua
fon de wos es no ned was
bei wem i s gaunz hamlech
en s kastl schdekn wia
muang en da frua . . .

## astan en gasliacht

i hob astan oschneidn woin
und hob s foesch augfaungd

i how en goatnzaun iwaseng
i homa mei gnia aukaud
i homa de hosn zrissn

i hob mei schea zabrochn
i hob mei messal faluan
i hob mei sagal fagessn

fon fuahinei scho
how e olas foesch augfaungd

nedamoe an schbogod how e mitgnuma
met den wos e s zaumbuntn hed
auf a buggee

a woos!

en liachtn fon d gasladean
schaun en heabst de astan
ee fü schena r aus
oes z haus en ana wasn...

## frog me ned

frog me ned
wos fia r a numara
da dod hod

i was nua
das ar a grins
kapö aufhod
und zwar r aung
wia r a grod

aung wia r a grod
a grins kapö
und a numara

de numa r is owa
scho soo schwoazz
das e s ned lesn kau
waun e a woit!

gib liawa
dei frogarei auf
sunzt dales e s aum end
no *wiaklech* . . .

# schembrun

waun e noch schembrun gee
ge r e bein haubtdoa r eine
und omad bein maxingdial
ge r e wida r ausse . .

schembrun:
    bein haubtdoa r eine
schembrun:
    bein maxingdial wida r ausse
schembrun . .

en früjoa scheint d sun
und da mond
und de schdean

waun e in s boemanhaus kum
schdüü i da r a boa bluman!

schembrun . .

en suma rengd s olawäu nua
waun s ned soi —
en diagoatn schaun d ölefauntn
med eanare aung en d woikn . .

schembrun . .

en heabst is da himö blau
und de blaln schleiffm umadum

waun e endlech duat drom
bein maxingdial wida r aussekum
daun muas e *linx* ume iwa d *maua!*

schembrun . .

bein eigaung unt
schrein en naboleaun seine goidan odla
bein ausgangl om owa
is nua mea da fridhof
met de fün liachtaln . .

## windradal

kauft s ma r a windradal
und dazz ma s auf s grob
das e s hea wia s schnuad
und suad
en meazz und abrüü
das e s hea wia de luft is
en da zeid noch mein dod . .

waun e daun a r engl wia
woxn ma glei weisse fligaln
aus mein gatschechn hemt . .
waun e owa r a deifö wia
kuman ma rode schwingaln
aus meina assfaltanan haud!

daun fliag e wia r a schotn

und i fliag wia r a schotn
aus n meazz en abrüü en abrüü
aus n abrüü en mei en mei
aus n mei en june en june
aus n june en jule und jule
aus n jule en august en sebtemba . .

*sebtemba sebtemba sebtemba*

und kana wiad me seng
und kana wiad me hean
und nimaund wiad song:
d u a t  f l i a g t a  g r o d  f a b e i . . !

*sebtemba okdowa nofemba*

owa gschbian weat s me ole:
(du und du *und du aa . .)*
jenochdem wos e bin:
a r *engal* fola gadsch —
oda r a *deifö* foi assfalt . . .

## l i a d

da r ochtadreiska
    da simafiazka
        da r anasibzka

a jeda hod
sei eigane foab
a jeda hod
sein eigan glaung

ans
    zwa
        drei . .

*heit*
sogt da r easchte
*draa ma r auf!*
    *mocht s*
    sogt da zweite
    *es dial auf!*
        *schit s*
        sogt da drite
        *a r eadn drauf . .*

ans
    zwa
        drei . .

da r easchte is grin
wia r a blal
    da zweite is gschekad
    wia da heabst
        owa da drite is schwoazz
        wia r a schdeiffa
        um olasön . .

a jeda hod
sei eigane foab
und a jeda
sein eigan glaung

        da r anasibzka
    da simafiazka
da r ochtadreiska . . .

## waun e schdeam soit

waun i amoe a bangl reis
zu deidsch: de bodschn schdrek —
i hoff es dauad no a wäu
bis zu den leztn schrek —
waun i daun oesdan schdeam soit
so bit ich eich nua r ans:
jo nua ka r eangrob aum zenträu!
i schdee ned auf so danzz..

bei dea behaundlung wuat ma schiach
diaregt fon mong aus wuat ma schlecht
waun i den aufwaund sechad
den wos ma mia do auduan mecht:
de bompfinewara
    des foesche goid
        de grausmusik
            dea blumanwoed
und extra no alaa fia mii
ar süwadaxe gaunz aus glos
mit einem aufbau wia r a grotnbaun?!
no hawedere! lost s do d hend dafaun.

fargrobt s me daun scho liawa
en an luftbalaun
oda fomiaraus
en an gschdolan schdeklschuach
oes duatn draust in disem weidn
bradn windfarwadn grobschdaapark
zenträu . . !

i sog eich s — meiner söö —
jezt scho in fuahinei:
mia hewad s no bein leztn end
und drinad scho en schwoazzn duach
fua graus den mong in d hee!

i schbeiwad ma en d eigan schuach
bei soiche wechn saffaladeschmee!

zwa schüleng zwanzk
kost s da nua
bis ausse zun gremadorium

dazua kaufst
a bischal lawendl
schee blau und scho grau
aun de schbizzln . .

gremadorium muasd song
schee blau und scho grau
aun de schbizzln!

med n anasibzkawong
en an schwoazzn qaund
met dein batazel
en da linkn haund . .

dua r an lawendl mitdrong
a bischal a bischal gremadorium!

entschdaziaun muasd song
zwa schüleng zwanzk
muasd haum
und dei bischal
muast drong . .

a bischal a bischal gremadorium

und gestan
und heite
und muang
is drozzdem a sunecha heabstdog . . .

## heit bin e ned munta wuan

heit bin e ned munta wuan
wäu ma r unsa bendlua
schdeeblim is..

heit bin e ned munta wuan
und i schlof
    und i schlof
        und i schlof
und draust da schnee foed ima mea
und de drossln dafrian und de finkn
und de aumschln und d daum aufm doch..
und dea schnee foed ima mea
und ea drad se
    und drad se
wia r a fareisz ringlgschbüü
und kumd ma bein fenzta r eine
mocht ma r en bagetbon gaunz weiss fua mein bet
wiad hecha r und hecha fua mein bet
und schdet do und schaud me au
wia r a engl med ana koedn haund..
und i schlof
    und i schlof
        und i schlof..

heit bin e ned munta wuan
de bendlua schded no ima
und dea schneeane engl schdet doo
und schaud me au wia r e so ausgschdregta doolig
und mei schlof is scho soo diaf
das ma glaaweis und launxaum
winzege schdeandaln aus eis
en de aungbram
zun woxn aufaungan...

## WORTERKLÄRUNGEN

Nachstehendes Wörterbuch ist vornehmlich jenen Wienern gewidmet, die, durch ein widriges Geschick ihrer Muttersprache entfremdet, anders des nötigen Verständnisses entbehren müßten.

| | | |
|---|---|---|
| agaze(bam) | Akazie(nbaum) | *robinia vindob.* |
| anasibzka (wong) | Einundsiebziger-(wagen) | die zum → *zenträu* und zum → *gremadorium* führende Straßenbahnlinie |
| augland | angelehnt | |
| (en oedn a. lossn) | (den Alten a. lassen) | den Meister im Stich lassen |
| aungbram | Augenbrauen | |
| augem | angegeben | hier: genannt |
| auxoffana | angesoffen sein | im Zustande der Volltrunkenheit befindlich |
| bacht | Gebäck | Sammelbegriff für alles Weißgebäck |
| bagetbon | Parkettboden | |
| bamgraxla | Baumkraxler | ein traditionelles österliches Kinderspielzeug |
| bamschawö | Baumschabel | Einfaltspinsel |
| bangl | Bankl | Diminutiv von Bank |
| (a b. reissn) | (ein B. reißen) | ortsübliche Umschreibung für → *umeschdee* bzw. → *bodschn schdrekn* |
| batazel | Parte-Zettel | schwarzgeränderte Trauernachricht |
| beglad | bügeln würde | Konjunktiv von plätten |
| beiln | beuteln | schütteln |
| bem | Böhm | Tscheche |
| bendlua | Pendeluhr | hier für Herz |
| betaunschdessln | Betonstößel | siehe → *öfa* |
| biawe | Piave | ein Fluß im Venezianischen, bekannt durch die Waffentat der k. u. k. österreichisch-ungarischen Armee unter Conrad von Hötzendorf im ersten Weltkriege |
| bisguan | Bißgurre | zänkische Frauensperson, Xanthippe |
| bit schdrong | Pitt Strong | Mitarbeiter Tom Sharks, siehe → *domschakbiachln* |

| | | |
|---|---|---|
| blad | gebläht | wohlbeleibt |
| blafaun | Plafond | vom französischen *„Zimmerdecke"* |
| blechduam | Blechturm | siehe → *gringschdrichana b.* |
| bliạln | blüteln | wie von Blüten übersät sein |
| blumanschdạndal | Blumenstanderl | Diminutiv von Blumen(verkaufs)stand |
| bodschn | Patschen | weiche Hausschuhe |
| (de b. ausgschdregt) | (die P. ausgestreckt) | Siesta halten |
| (de b. schdrekn) | (die P. strecken) | den Geist aufgeben |
| bompfinewara | pompe funèbre | ein zweispitzierter Leichenträger und Bakschischant |
| bopöbam | Pappelbaum | *populus nigra* |
| bowil | Powidl | Pflaumenmus |
| (es is do ee scho gaunz b.) | (es ist doch ohnehin schon ganz P.) | ein Ausdruck resignierender Gleichgültigkeit |
| bozwach | patzweich | siehe → *schmoezxön* |
| bradnsee | Breitensee | nördlichster Teil des XIV. Wiener Gemeindebezirkes, berühmt als Geburtsort von H. C. Artmann u. Friedrich Polakovics |
| brakn | pracken | böhmisch reden |
| brigitenau | Brigittenau | der XX. Wiener Gemeindebezirk, auf einer Donauinsel gelegen |
| buakaschdoaf | Purkersdorf | ein internationaler Kurort westlich Wiens, weltberühmt durch sein Waldbad |
| buanheidl | Burenhäutchen | Burenwurst, ein Volksnahrungsmittel |
| buggee | Bukett | vom französischen *„Blumenstrauß"* |
| bụtnzweag | Buttenzwerg | Gipsgnom, Symbol der Wiener Horticultur |
| büsln | pilseln | in besonders wohltätigem Schlafe sich befinden |
| dalẹsn | er-lesen | entziffern können |
| danzz | Tänze | Extravaganzen, Schnurrpfeifereien |
| dawanakl | Tabernakel | |
| diadafalbeowochtn | Türtaferl beobachten | das Lesen der Namensschilder an den Wohnungstüren im Detektivspiele |
| domschakbiachln | Tom Shark Bücheln | einst von der Jugend hochgeschätzte Lesehefte, jetzt fälschlich als Schmutz und Schund diffamiert |

| | | |
|---|---|---|
| dooling | daliegen | |
| dostal jsem dvạcet schijlink | ich habe zwanzig Schilling bekommen | eine Sanskritphrase |
| dred | Drähte | |
| duanboch | Dornbach | anmutige Randgegend im nordwestlichen Weichbilde Wiens (XVII. Wiener Gemeindebezirk), als Wetterwinkel schon bei Nestroy zitiert |
| ẹangrob | Ehrengrab | Wunschtraum fast jedes Wieners |
| fadistad | verdüstert | |
| fareisz | vereistes | |
| farlos | Verlaß | Zuverlässigkeit |
| ka schbua von f. | keine Spur von V. | ohne jede Z. |
| feigal | Veigerl | Veilchen |
| flamoo | flammeau (?) | Heißhunger |
| flọke | Flocki | ein Hundename |
| flurizzduaf | Floridsdorf | der XXI., transdanubische Wr. Gemeindebezirk |
| frischbrogta | frischgebrockt | frischgepflückt |
| fuạtschdampan | fortstampern | fortjagen, vom Platze weisen |
| fümfhaụs | Fünfhaus | der XV. Wiener Gemeindebezirk, denkwürdig als Geburtsort des Altwiener Volksdichters und Hackbrettisten Ernst Aloysius Kein |
| galizzebeag | Gallitzinberg | lieblicher Waldberg im Westen Wiens, so benannt nach dem ehem. russischen Gesandten am Hofe Josefs II., Fürst Demetrius de Galitzyn, welcher auf dem Berge selbst begraben liegt |
| gatschech | gatschig | von nassem Erdreich beschmutzt, schlammig |
| giatl | Gürtel | die Gemeindebezirke I—IX gegen die Vorstadt abgrenzender, unter Franz Josef I. an Stelle des Linienwalles angelegter Vorstadtboulevard |
| glistn | gelüsten | |
| gnelreida | Knödelreiter | derber Kniestoß unter das Gesäß |

| | | |
|---|---|---|
| gograu | Kagran | Teil von → *flurizzduaf* |
| goschı | Goschi | Kosewort. Diminutiv von *goschn* = Mundwerk |
| gras, en g. gee | Kreis, im K. gehn | ratlos sein |
| gräulawadschad | krallawatschert | unübersetzbar, hier etwa: verdreht, verrückt |
| greissla | Greißler | Gemischtwarenhändler |
| gremadorium | Krematorium | Städtische Feuerhalle beim → *zenträu,* letzter Triumph aller Freidenker |
| grind | Gründe | hier: Beweggründe |
| gringschdrichana blechduam | grüngestrichener Blechturm | Patent-Oel-Urinoir ohne Wasserspülung geruchlos |
| grod | gerade | |
| a grod | eine Kröte | |
| grodnbledschn | Krötenpletschen | *tussilago,* eine Huflattichart |
| grotnbaun | Grottenbahn | berühmte ehem. Vergnügungsgrotte im Wiener Wurstelprater |
| growla | Krabbler | Stümper |
| gschdetn | Gestätte | unverbaute, mit Gras u. Unkraut bewachsene Stätte |
| gschdis, en g. reim | Sküs, den S. reiben (= geben) | aus dem Tarockspiele hergeleiteter Ausdruck für den Abbruch eines Liebesverhältnisses |
| gschdregta | Gestreckter | Espressokaffee, jedoch mit mehr Wasser als gewöhnlich. Gegensatz: *a kuazza* |
| gschiadandla | Geschirrtändler | Inhaber eines Geschirrladens |
| gschmiada | Geschmierter | Euphemismus für Wachebeamter |
| hamlech | heimlich | verschwiegen |
| hanslschliaffa | Hanslschliefer | Mäuse- oder Mauergerste, eine grannentragende Grasart, deren Ähren *besonders* gut an den Kleidern haften bleiben |
| hakal | Hackerl | Diminutiv von Hackebeil |
| hapfm | Harfe | Liegestatt |
| has | heiß | |
| auf des woa r e ned h. | auf das war ich nicht h. | das wollte ich nicht wissen, nicht haben |
| hausdedschn | Haus-Tätschen | Backpfeifen nach Hausmannsart |

| | | |
|---|---|---|
| himöhof | Himmelhof | ein der wintersportlichen Ertüchtigung dienender Hang im Südwesten Wiens |
| hitlduaf | Hütteldorf | Endstation der nach Westen führenden Straßenbahnlinie 49, beliebtes Ausflugsziel an der Bundesstraße nach → *buakaschdoaf* |
| holaschdaun | Hollerstaude | *sambucus (nigra)* |
| hong | Haken | |
| iwanosan | übernasern | etwas *spitz* kriegen, herauskriegen, bemerken |
| iwazong | überzogen | *part. perf.* von bemerken, verstehen |
| kamün | Kamillen | *matricaria,* evtl. auch *m. chamomilla* |
| kaukasesche nuss | kaukasische Nuß | kaukasisch-Nußfurnierte Rundbaumöbel, die für den erlesenen Geschmack eines Großteils der Wiener in allen die Wohnkultur betreffenden Dingen sprichwörtlich geworden sind |
| kawarebeag | Kalvarienberg | österlicher Markt in der Kalvarienberggasse, einer abschüssigen Straße im XVII. Wiener Gemeindebezirke bei der Kalvarienbergkirche, wo wohlfeile Näschereien, Spiel- und Kurzwaren zum Verkaufe ausgeboten werden |
| keawal | Körberl | kleiner Korb |
| kindafazara | Kinderverzerrer | Subjekt männl. Geschlechtes, meist reiferen Alters, das sich in Hauseinfahrten, Parks u. dgl. an unmündige Kinder beiderlei Geschlechtes in Verfolgung unsittlicher Absichten heranmacht |
| köch | Kohl | *brassica (ol.),* ein Gemüse |
| laaabeag | Laaerberg | flache Erhebung im südlichen Weichbilde Wiens mit anmutiger Aussicht auf den → *zenträu* |
| leboide | Leopoldi(tag) | Namensfest Leopolds des Heiligen, Herzogs von Babenberg, des Landespatrons von Wien und Niederösterreich (15. November) |

| | | |
|---|---|---|
| lemonebeag | Zitronenberg | volkstümliche Bezeichnung für → *schdaahof,* hergeleitet von der zitronenförmigen Kuppel der weithin sichtbaren, kunstgeschichtlich bedeutsamen Anstaltskirche Otto Wagners |
| libhazzdoe | Liebhartstal | ein vom → *galizzebeag* nach → *otagring* abfallendes Tal, beliebter Promenadenweg |
| linke (adress) | linke (Adresse) | falsche (Anschrift) |
| loarenz | Lorenz | Laurentius, der Titelheilige der Breitenseer Pfarre |
| lupusheim | Lupus-Heilstätte | ein Komplex des Wilhelminenspitals im XVI. Wiener Gemeindebezirk |
| magewiaffön | Maggiwürfel | eine Suppenwürze, heraldisches Zeichen des Greißlertums |
| mal | Madl | Mädchen |
| malea | Malheur | vom französischen *„Unglück", „Pech", „Unstern"* |
| mäuta | Malter | Bindemittel für Ziegel- und Bruchsteinmauerwerk |
| maxingdial | Maxingtürl | oberer, nach der Maxinggasse in Hietzing führender Ausgang Schönbrunns, neben dem Friedhof. Hier für Tod |
| mezzii | Mezzie | ein Lehnwort, hier etwa im Sinne von: Haupttreffer |
| naboleaun | Napoleon | Napoleon I. Buonaparte |
| en n. seine goidan odla | Napoleons goldene Adler | die auf den Eingangsobelisken zum Schloß Schönbrunn befindlichen, an N.s Einzug in Wien gemahnenden Adler. Hier für Geburt |
| ochtadreiska | Achtunddreißiger | die nach Grinzing zum Heurigen führende, häufig → *auxoffana* benützte Straßenbahnlinie |
| odn | Atem | Odem |
| (en o. koedn) | (den A. behalten) | (den O. anhalten) |
| oede donau | Alte Donau | toter Seitenarm der Donau, ein dem Wassersporte dienendes Gewässer |

| | | |
|---|---|---|
| oewan | Albern | donauabwärts Wiens gelegener Ort, bekannt als von Ertrunkenen bevorzugte Landestelle, woselbst auch der Friedhof der Namenlosen befindlich |
| öfa | Elfer | Epitheton ornans für große Füße |
| öfi | Elfi | Koseform von Elfriede |
| olasön | Allerseelen | der 2. November |
| ostln | Asseln | *Isopoda,* ein Ungeziefer |
| otagring | Ottakring | der an → *bradnsee* grenzende XVI. Wiener Gemeindebezirk, siehe auch → *bem* und → *brakn* |
| qaglschduazz | Quargelsturz | Käseglocke |
| qöd | gequält | von Schmerzen gepeinigt |
| raund | rendez-vous | vom französischen *„Stelldichein"* |
| reis | reisse | |
| i r. me um ... | ich r. mich um ... | ich habe Lust auf ... |
| rosnschdaagossn | Rosensteingasse | so benannt nach dem großen Philanthropen Freiherrn v. Rosenstein, vielleicht deshalb in den Dreißigerjahren Umtauschstelle für → *domschakbiachln* u. a. Werke der Jugendliteratur |
| ruiche kugl | ruhige Kugel | *term. techn. milit.* für beschauliches Dasein |
| sagal | Sagerl | kleine Handsäge, Stoßsäge |
| saffaladeschmee | Cervelatwurstlügen | ein besonders plumper Täuschungsversuch |
| saletl | Saletterl | eine Gartenlaube |
| saund | Sand | |
| aum s. sei | auf dem S. sein | hier: jeglicher Mittel bar sein. Ein Terminus, der sich aus der Tauromachie herleitet, wahrscheinlich noch aus der Zeit der spanischen Habsburger |
| schbenala | Stecknadler | Sammelbezeichnung für alle kleinen Fischarten |
| schbogod | Spagat | Bindfaden |
| schbukaling | Spuckerling | Spucke, Speichel |
| schdaahof | Steinhof | Städtische Heil- und Pflegeanstalt für Geistesgestörte, siehe auch → *lemonebeag* |
| schdandal | Steinchen | nicht zu verwechseln mit → *blumanschdandl* |

| | | |
|---|---|---|
| schdekal | Stöckerl | Blumentöpfchen aus gebranntem Ton |
| schdesd | stehst | |
| woarum s d nima sch. auf mii | warum du auf mich nicht mehr st. | warum du mir deine Zuneigung entzogst, warum du mich nicht mehr liebst |
| schdotbak | Stadtpark | großer Park im I. Wiener Gemeindebezirk |
| en sch. auf *an* bangl beianaund qesn | im St. auf einer Bank beisammen gewesen | diskrete Umschreibung für im Freien ausgeübte Liebesbeziehungen |
| scheam | Scherben | ein Nachtgeschirr |
| schmeeone | schmäh-ohne | *interj.*, wahrhaftig, meiner Treu! |
| schmoezxön | Schmalzgesellen | ein vielfach mit Recht für Lyriker stehendes Wort |
| schwingaln | Schwingerln | Flügelchen |
| simafiazka | Siebenundvierziger | die nach → *schdaahof* führende und deshalb oft mit dementsprechender Nebenbedeutung zitierte Straßenbahnlinie 47 |
| simaring | Simmering | der XI. Wiener Gemeindebezirk, siehe auch → *zenträu*, → *anasibzka*, → *gremadorium* |
| süwadaxe | Silber-Taxi | verglastes, silberbronziertes Leichenauto |
| süwafen | Silberfäden | ein Christbaumschmuck |
| uanschliaffa | Ohrenschliefer | *forficula auricularia*, der gemeine Ohrwurm |
| umeschdee | hinüberstehen | das Überschreiten der Grenze vom Dieszum Jenseits |
| unedex | unnötiges | unbrauchbares |
| wachaualawaln | Wachauerlaibchen | mit Mehl und Kümmel bestreutes, sehr schmackhaftes, semmelartiges Gebäck aus Brotteig |
| windbocharei | Windbäckerei | ein aus Eiklar und Zucker hergestelltes Naschwerk, auch *petus hispanicus*, Spanischer Wind, genannt |
| zenträu | Zentral | Abkürzung für Zentralfriedhof, größter Wiener Friedhof in → *simaring* |

INHOEZZFAZEICHNISS